KB199863

91의 4해구 편지

박수찬 시집

91의 4해구 편지

달아실기획시집
41

보조 용언과 합성 명사의 띄어쓰기 등 본문의 맞춤법은 시인의 의도에 따른 것임.

쇠락해 가는 바람이 마지막까지 제 소임을 다하는 모습이 저 파도라고 생각하니, 대자연의 섭리가 새삼 숭고해지면서도 왠지 가슴이 짠해진다.

돌아보면, 내 삶도 바람의 길이었다.
원양어선을 타고 낯선 바다에서 청운의 꿈을 펼치다가 돌아와, 우리나라 수산업법 수호를 위해 동, 서, 남해로 다닌 세월이 30년을 훌쩍 넘었다.

바다는 내 시의 원천이고 산실이다.
오늘도 나는, 내 시는,
바람 속으로 솟구치는 파도를 향해 달린다.

2025년 비양도에서
박수찬

차례

2부. 나는 어업감독공무원이다

3부. 무적 그 사랑의 기적

1부

따
꼬
매
듭

따꼬매듭

선원들을
갑판에 불러 놓고
갑판장이 로프 매듭법을 가르친다
-이 매듭은 8자매듭인데 모든 매듭의 기본인 기라.
-자! 우찌 매는지 단디 봐래이.

해풍에 검게 그을린 두 손이
로프의 끝과 끝을 잡고
천천히 매듭을 엮었다 풀고
엮었다가 푼다
-우와! 예술이네예. 예술.
-팔자로 하네예. 팔자로예.

선원들이 저마다 팔자를 따라 엮는다

신규 선원 김 씨
첫 팔자를 들여다보고
팔자를 엮었다가 풀고
또, 엮었다 푼다

팔자가 잘 엮였다가 풀릴 때마다
로프 끝을 잡고
"끝" 한다

선원들의 팔자는
매듭 끝에서 몸을 키워
바다로 간다

시집 이야기

배 한 척 조선소로 돌아왔다

무거운 짐을 밤낮없이 이고 다닌
시집살이에 얼마나 울었는지
선수에서
선미까지
눈물자국이 가득하다

　스무 살에 결혼한 엄마도 친정 나들이 한번 못하는 시
집살이에 밤의 끝을 잡고 얼마나 울었는지 눈두덩이 부은
얼굴로 날마다 아침을 맞았었다

　"사는 게 아무리 힘들어도 쑥쑥 커는 너거들을 볼 때마
다 힘이 난다."던 엄마는 꽃상여 타고 떠났고, 화물칸에 짐
이 차오를 때마다 힘을 내던 배는 친정의 품에 안겨 있다

　오뉴월 땡볕에
　철선이 후끈 달아오른 시간 위에서
　-오매! 더운거 얼렁 바다로 가야제.

신임 갑판장이 철선의 시집살이를 부추긴다

출항

-올 라인 렛고!

선장의 명령은 칼이다
언제까지나 육지와 한몸이고자 했던
배의 간절함이
한순간에 싹둑 잘려
바다에서 허우적거린다
이 순간
당신과 나를 하나로 묶었던 항구의 끈이
육지와 바다
이원론으로 나뉜다

기적 소리가 꽃으로 피는 시간 위에서
나는 선원이라는 이름을 가슴에 새기며
당신이 울고 있는
부산항을 향해 배꼽 인사를 한다

당신과 함께했던
정박 기간 석 달 열흘은

여름밤 꼬리 긴 유성처럼 흘러갔다
이제
사랑은 부두에 남겨 두고
행복했던 날들을 영하 15도의 어창에 사려 넣는다

먼 훗날
파도에 닳아 바늘처럼 가늘어진 추억들이
그리움을 줄줄이 꿰는 날
배의 전령, 기적 소리 펄럭이며 돌아오리라
번득이는 맹세 하나 날을 세운다

히빙라인

배가 항구에 안기는 날
갑판장은 우편배달부
히빙라인*은 속달 우편함이다

우편배달부는
선수에 서서
계류삭이 묶인 속달 우편함을
부두를 향해 힘껏 친다

속달 우편함에는
수평선 너머로 부치지 못한
선원들의 이야기가
모래알만큼이나 가득하다

줄잡이가 속달 우편함을 잡아당긴다
배에게서
제일 먼저 땅 냄새를 맡는
계류삭, 그 끝에 걸린
내 바다도 당신에게로 간다

* 배를 접안시키기 위해 계류삭을 묶어 육지에 던지는 모래추가 달린 줄.

초보 선원

파도가 키를 재는 갑판 배수로에
펭귄 한 마리
바다를 찾아 머리를 박고 있다

오징어채낚기어선은
유대*로 선체를 둘러싼 철옹성인데
어떻게 승선했을까
사람들과 눈이 마주칠 때마다
어찌할 줄 모르는 몸짓은
초보 선원의 첫날 그대로다

해양수산청에서 교부한
선원명부상 선원은 28명인데
불법으로 승선한 선원을 포함하면
모두 29명이다

부산항에서
포클랜드제도로
초대받지 못한 선원은 불법 근로자다

더 이상 배 안에 체류하지 못하게
남대서양에 방출한다

밤새 오징어 먹물에 절은 날개가
유빙을 향한 그리움을 풀며 멀어져 간다

바가지

아버지의 작은 배는
언제나 바가지 하나 가슴에 안고 있다

비바람 불고
큰 파도가 일어나는 날
짐칸에 물이 차오르면
바가지는
가라앉은 배의 수심을 퍼 올린다

한평생 밑바닥을 향해 바가지를 긁어 온
외골수 세월이
손바닥에 못으로 박여도
아버지는 배에 오를 때마다
바가지를 잡는다
바가지가
짐칸에 머리를 들이밀고
바가지를 긁을 때마다
아버지의 주름진 세월도 바다로 간다

오늘도
헐거워진 허리춤 추스르며
뱃전에 앉은 외골수는
물을 퍼내어 바다를 살찌우고
정을 퍼내어 나를 키운다

아버지의 배

선창에 목줄을 매고 온종일 삐걱이는
아버지의 작은 목선은 서당이다
이물에도, 고물에도
독해할 수 없는 글들이 가득하다
오늘도 소금기 가득 머금어 독 오른 해풍이
어깨동무를 겹겹이 하고 몰려와
아버지의 팔순 주름을
갑판에 새기고 돌아간다
새롭게 각인된 글자들을 볼 때마다
아버지의 눈은 회한의 글을 쓴다

−너도 이제 다 늙어 가네. 한세상 산다꼬 고생 참 많았
데이.

한국전쟁 때 포탄에 다리를 잃은 아버지
곰삭아 살이 떨어져 나간 건현*에 송판을 덧대고 못질
을 하신다
바람이 말벌 소리를 내며 갑판에 벗어 놓은 의족 안을
기웃거려도

신경은 온통 뱃전에 있다

9607028-6408852

연안자망 허가판을 주소처럼 달고
바다의 깊은 경전이 되어 가신다

* 물에 잠기지 않는 뱃전.

퇴임식은 없다

기관실에서 갑판으로 나온
오래된 공기압축기엔
'사용불가' 글이 부적처럼 붙어 있다

20년 세월 동안
돌고 돌아온 길에
혹시나 했던 퇴임식은 없다

퇴직이 달포 남은 기관장이
공기압축기를 트럭에 실어 묶는다
밧줄을 들고
짐칸을 빙빙 돌 때마다
흰 머리카락이 파도치고
오래된 안전화에선 새소리가 난다

해풍에 빛바랜 젊은 날들은
이제 모두 실었다

멀어져 가는 공기압축기를 향해

잘 가라
잘 가라며
손 흔드는
기관장의 눈에 바다가 출렁인다

남대서양에서 부치는 편지

　포클랜드산 시간들을 꽁꽁 얼려서 당신에게 보내는 오
늘은 만삭의 오징어채낚기어선이 냉동운반선에 기대어
해산하는 날입니다. 하역망에 싸여 크레인으로 넘겨지는
냉동 오징어들은 날마다 당신에게 쓴 편지입니다. 겉봉
투에 붙여진 분홍. 하양. 노랑. 파랑. 색종이들은 Republic
Of Korea를 찾아가는 우표입니다. 우표에는 2L, L, 2S, S
그날그날의 어황에 따라 달라지는 내 그리움의 치수가 찍
혀 있습니다. 배가 해산을 하는 내내 어창의 허기를 오징
어로 채워 온 당신과 나만의 일란성 시간들이 잘살아보
세, 잘살아보세, 희망가를 부릅니다. 속을 다 비워 낸 어창
이 다시 허기가 진다 합니다. 출어를 알리는 기적 소리, 먼
포클랜드 공해로 나아가고 나는 당신에게 띄울 또 다른
편지를 생각합니다.

돌려치기

갑판장은
돌려치기 전문이다

먼 항해에서
배가 돌아와 항구에 몸을 부빌 때
-현 위치 홀드!
선장의 오더를 따라
서로 떨어지지 말고 알콩달콩 잘 지내라고
돌려치기*를 한다

배를 접안한 뒤
갑판에서 가족사진 보다가
눈과 눈이 마주치면
-시간 날 때 보라고 주더구만.
가족 사랑을 돌려 말하는
갑판장에게서
돌려치기는 하루의 종착점이다

* 배를 접안할 때 부두 비트에 계류삭 중간 부분을 돌린 뒤 계류삭의 끝
  아이(eye) 모양을 갑판 비트에 걸어 계류시키는 방법으로 뱃사람들이
  쓰는 용어.

항해는 소리로 길을 연다

귀를 벽에 걸면
당신의 목소리 들려옵니다
언제나
소리의 시원은 기관실입니다

미더와치* 뒤
나만의 자유를 찾는 시간,
침실은 자궁
벽은 소리 탯줄
나는 선원이라는 이름의 태아가 됩니다

자궁 안에서
살며시 눈을 감으면
-우리는 한 몸이다.
-둘이 아닌 한 몸이다.
당신이 불러주는 자장가 소리
쿵. 쿵. 쿵. 쿵. 쿵. 쿵.
뱃길을 열어 갑니다

* 00시부터 04시까지의 당직.

항해의 시작

전자해도에서
항해의 시원은
언제나 한 개 점이다

돛대에 걸린 출항기가 바다를 향해 펄럭이고
엔진소리가 공중에 집을 짓는다

-데드 슬로우 어헤드DEAD SLOW AHAED*
-코스 185도
항구와 배의 치수를 잰 선장의 오더가 바다를 마름질한다

시간은 배의 등을 떠미는 조류
그 뒤로, 항해일지에 한 줄 글로 남는 항적
부산항 방파제 통과 중 이상 무.

* 선수 방향으로 아주 느린 속도로 전진.

텔레그라프

스탠바이STAND-BY.
눈에 불을 켜고 징 징 소리 내어 운다

텔레그라프*는
조타실에서
기관실로 보내는
한 장의 연서다
잠자는
주기관을 깨워
항햇길에 오르자는
항해사와 기관사의 밀약이다

1등 기관사가 주기관 시동을 한다
쿵. 쿵. 쿵.
꽃처럼 피는
기관 소리 따라
철선이 몸을 부르르 떤다
그 숨결 잊지 않았다고
꿈결에서도 그리워하고 있었다고

언제든 둘이 하나 되어 바다로 나아갈 때를 기다려 왔
다고

* 기관을 조작하는 신호기(信號機).

사이클론 앞에서

유빙이 펭귄을 키우는
포클랜드 해역에 바람이 터졌다
시간을 잡아먹고
몸집을 키워가는 파도가
바람을 타고 용오름을 하다가
배를 하얗게 뒤덮는다

바람이 울고
499톤의 오징어채낚기어선이 울고
낯빛 하얘진 선원들이 운다
온 세상이 풍장이다

기관 시동 소리가
바람벽을 뚫고 공중에 울려 퍼진다
이제부터 980헥토파스칼의 사이클론 앞에
우리가 둘 수 있는 수는
데드 슬로우 어헤드DEAD SLOW AHAED.
스톱 엔진STOP ENGINE.
단, 두 수뿐이다

바람벽에선 시앵커* 줄이 터지지 않게
밤낮으로 포세이돈에게 바치는
전진 없는 전진
제자리 뛰기 의식이 시작된다

* 배가 조류와 바람에 빨리 밀리지 않게 물을 품에 안는 물닻으로 뱃사람
  들의 용어.

해양자연사박물관

갑판에서 떨어져 나온
페인트 조각은
작은 해양자연사박물관이다

해가 바뀔 때마다
페인트 도색작업을 해
층층이 퇴적되어 온 결안에
배의 나이가 오롯이 새겨져 있다

해양자연사박물관은
바다와 선체
갑판의 안과 밖을 구분 짓는 경계이고
해풍이 철판에 구애할 수 없게 하는 벽이다

성난 파도 앞에
낙엽처럼 떨어져 나간
벽을 깡깡이*하면
페인트를 입고
미라로 누워 있던

선임 선원들의 시간들이 녹가루로 흩어진다

---

* 청락망치로 녹슨 갑판을 두드릴 때마다 '깡 깡' 하고 소리가 난다고 지어진 작업 이름으로 조선소나 뱃사람들이 쓰는 용어.

방한복에 대한 고찰

물안개 피는 2월의 바다
건너
봄 몽우리 터진 3월의 항구 품에
선망어선이 안겼다

고등어 전갱이 병어 갈치
배 안에 그득한 비린내를 풀어낸 뒤
염색 머리 탈색되고
집어등 불빛에 그을린 얼굴들이 상륙을 한다
-어허! 봄이 마중을 왔네.
-목련이 피었구만.
-지금껏 우리만 겨울 안에 있었네.
목련 나뭇가지에 걸리는
어로장 신 씨, 선장 이 씨, 기관장 박 씨의 짧은 소회 뒤로
한 손에 방한복 벗어 들고
또, 한 손엔 특대 간고등어 상자 들고
세상의 아버지들이 줄지어 온다

바다 내음 물씬거리는

해풍의 간섭에서 멀어질수록

봄이 시작된 이야기꽃 더 크게 원근법을 그린다

-저 산 좀 보소.

-산벚꽃이 환장하게 피었구만.

-푸른색과 흰색의 조화로움이 한 폭의 그림이네.

서른 날 만에 집으로 가는

구두들의 이야기에

겨울을 벗은 방한복이 더 후끈 달아오른다

칠성이

    칠성이가 참치잡이 원양어선 유니코리아에 처녀승선을 한 날이었습니다. 호기심 많은 선원들이 많고 많은 이름 중에 왜 칠성이냐고 물어보면요. 칠성각에 빌고 빌어 얻은 귀한 아들이라 그렇게 이름 지었다고 했습니다.

    열여덟 살 그 여린 손으로 투승投繩과 양승揚繩을 처음한 날, 양 손바닥에 안티푸라민을 두텁게 바른 뒤 면장갑을 끼고 잠을 잤는데요. 얼마나 아렸으면 잠결에도 "아야! 아야!" 소리가 아리랑 고개를 넘었습니다.

    하루 이틀 지나고 칠성이 손바닥에 굳은살이 생겨 일할 맛이 났는데요. 아 글쎄 과유불급이라고 너무 두꺼워진 굳은살은 갈수기 논바닥처럼 쩍쩍 갈라져 바닷물이 닿을 때마다 아렸는데요. 그때 참치를 처리하는 식칼로 굳은살을 베어 낸 뒤에 손바닥을 숫돌에 문지르는 법을 선임 선원에게 배우면서 진짜 바다 사나이가 되어 갔습니다.

    갑판에서 양승을 할 때면 '에다'라는 낚시 달린 와이어줄을 동그랗게 사리면서 걸어 다녀야 했는데요. 칠성이는 그 틈새에서 부족한 잠을 잠깐잠깐 자는 묘기도 선보였습니다. 어디 그뿐인가요. 오랜 조업으로 부식이 떨어져 가면 참치 미끼를 반찬으로 먹어야 했는데요. 그런 날이면 칠성이는 참치가 되어 바다를 헤엄쳐 다니는 꿈을 꿨다는 이야기 오늘도 전설처럼 전해져 옵니다.

바다의 오계五季

바다에는
이름 없는 계절이
4월이 다하도록 산다
봄, 여름, 가을, 겨울 지나
봄 속의 겨울
아니면 봄 바깥의 겨울이
바람 소리 내며 활개를 친다

4월의 바다는
추위에 하얀 입김을 피워 올린다
갈매기 떼를 쫓는 어선들이
그물을 펼쳐 바다의 배를 덮어 줄 뿐
아무도 이불 하나 덮어 주지 않는다

아버지가 그물질로 키워 온 바다에서
나는 선원이라는 이름으로
옷장 안의 겨울 점퍼를 꺼내 입는다
5월의 달력이
4월의 바다에 얼비치는데

2부

나는 어업감독공무원이다

항해 그 뒤편

하루를
여섯 등분한
오후 4시에서 8시
항해 당직의 눈에는 해가 산다
돛대 꼭대기에 앉아
흔들리는 배를 따라 놀던
해가, 하루의 쉼표를 찍어 갈 때
갈매기 한 마리
수평선 위에 빨간 알을 낳는다
알에게서
수평선은 양수
바다는 양막이다
하루가 몰락하는 시간을 딛고
알은
붉게 물든 바닷물에 몸을 풀고
배는
어둠 속에 몸을 푼다
나는
아스라이 멀어져 가는 뱃길 속에 당신을 푼다

소라게
― 인사발령 통보 그 뒤 2

텅 빈 침실에 이삿짐을 부리는 지금, 나는 소라 껍데기를 찾아온 한 마리 소라게다. 인사발령 통보가 나온 뒤 다른 집을 찾아 떠난 소라게가 허물처럼 벗어 놓은 껍데기를 닦는다.

부두와 배 사이 작은 바다를 건너온 옷상자를 개봉하자 파도가 무성하다. 해체 작업을 하는 내내 바다가 뚝뚝 떨어진다.

옷상자들이 제 속을 다 비워 낸 뒤 배를 뒤집고 눕는다. 빈 상자를 갑판에 내어놓고 돌아온 소라게 한 마리 배의 늑골 한쪽이 되어 바다로 간다.

나는 어업감독공무원이다

연둣빛 단속복 위에
붉은 구명동의를 입으면
나는 언제나 홍의장군이 된다
이 바다에
물 반, 고기 반인 그날을 생각하며
오늘을 산다

고속단정에 몸을 실으러
걸음을 옮길 때마다
무전기와 줄자 하나
가슴에 매달려
빨리 가자고 칭얼거린다
무전기는
본선과 나를 이어주는
오작교
줄자는
어린 고기를 구분 짓는
척도다

어린 물고기가 활어창에서 바다를 그리워할 때

수산자원관리법 제14조

포획 채취 금지의 칼날을 세워 주는

한글학교 91의 8해구

동해에 누워 있는
한일중간수역은 학교
경도와 위도는 선생님
어선은 학생이다
선생님이
학교 담장을 비뚤비뚤 그려 놓고
오가는 학생들에게 한글 수업을 한다
－자음 '기역'과 '니은' 주위에서는 절대 조업하지 마세
요. 아차하는 순간 나락 같은 일본해日本海에 떨어져 허가
정지를 당할 수 있습니다.

모음이 없는
'기역'과 '니은'은 낫이다
좀 더 많은 비린내를 찾아 낫의 날을 타고 도는
유자망 어선을
이웃 나라 어업지도선이
초원의 사자처럼 노리고 있다

바다를 지키려는,

좀 더 많은 고기를 잡고 싶은,
마음과 마음이 창과 방패로 만나는
91의 8해구에는
바다를 닮아가는 눈들이 한글학교를 다닌다

야간항해
— 인사발령 통보 그 뒤 1

인사발령 통보가 나온 저녁
별빛 까마득한 밤바다와 마주서면
항구를 찾아
새처럼 퍼덕이는 글자를 만난다

〈야. 간. 항. 해.〉

14노트의 선속에 부서지는 파도 소리가 선수에서 집을
짓고 4분의 4박자로 허공에 음표를 그려 넣는 엔진 소리
가 선미에서 하루의 짐을 싼다

침실 안의 옷장과 서랍장 그리고 책꽂이가 입을 열고
야간항해를 한다. 계절이 벗어 놓은 옷과 눈을 읽던 책들
이 종이상자에 담긴다. 상자 속에 하나 되지 못하고 당직
근무를 서던 작업복과 안전화 그리고 슬리퍼가 이삿짐 상
자에 막차를 탄다

빈 침실에 홀로 누운 호젓한 시간
이삿짐 상자 속에 포장되지 않은

파도 소리
엔진 소리가 머리를 풀고 곁에 눕는다

벽을 말하다

출항기가 펄럭이는 아침
정지해 있던 엔진이 돌아가면
고요 속에 잠들어 있던
사방의 벽이 깨어난다

저속에서
중속을 지나, 고속으로
회전수가 점층법을 쌓을수록
벽은 엔진 소리를 더욱 두텁게 입고
바다를 철썩철썩 걸어 다닌다

출항이라는 시간 위에 서면 언제나 그랬다

징 소리의 파장으로 전해 오는
엔진 소리를 온몸으로 느끼는
벽과 벽,
그 사이에는
땅끝에 두고 온 시간들이
회한의 줄을 엮어 당직을 선다

회한은
당신과 나 사이
좀 더 여물리지 못한
사랑이다
안타까움으로 얼룩진
벽이다

벽이 바다로 간다
파도에 부딪히면서 씻기고, 씻기면서 부딪쳐 간다
오늘보다 더 나은
내일의 꿈을 꾸며

12월의 대화퇴를 만나다

커다란 산맥이다
겨울바람이 씨를 뿌린 흔적이다
오징어, 명태, 대게, 골뱅이가 알을 낳아 키워 온
천년의 세월이 일어나 춤을 춘다

불멸을 꿈꾸는가

대화퇴는
아직 어린 고기들을 생각하며
한 해가 가는
아쉽고
허전한 마음에
크고 작은 산으로 우뚝우뚝 서 있다

전자해도를 보면
해도를 따라
바람결에 흔들리고
파도에 씻기면서
통발의 비린내를 모방해 온 시간들이 보인다

칼바람이 사는
12월의 대화퇴는
바다는 없고 검푸른 파도만 무성하다

민원처리 1

무허가 새우조망*어업 관련 민원은
저녁 어스름에
셀폰 주파수를 타고 배수진을 친다

섬과 섬 사이
전속으로 내닫는 고속단정의 시간이
불법 어선에 뛰어오른다

뱃전에 걸쳐진 그물엔
퍼덕이는 비린내는 없고
개펄만이 가쁜 숨을 고르고 있다
그래도, 수산업법 제42조 제3항 조업구역 위반이다

새우조망을
공중에 매달아 놓고
고압의 바닷물로 개펄을 씻는다
순간, 그물코에 걸려 있던
빈 소주병 하나
갑판에 툭! 떨어진다

누군가의 한숨이 주르륵 흘러나온다

* 조업구역 내에서만 그물로 새우를 잡도록 허가된 어업.

아버지의 바다 2

해도에 점이 되어
오늘도 야간항해를 한다

서울과 한 시간 시차가 나는
서해 배타적경제수역 경계선에는
메시지가 파도 속에서 숨을 쉰다

알림
로밍서비스를 사용할 수 없습니다.
다른 로밍 이동통신사를 선택하십시오.

로밍서비스를 받을 수 없는
셀폰은 빈 깡통이다
사랑한다고
날마다 종알거리던 목소리가 죽고
문자도 죽어
불통의 바다가 된다

어둠을 두텁게 입은 시간 위에

무허가 외국 어선을 찾아
고속단정을 내리면
수산업법만이 나와 소통을 한다

깜깜한 바다를 달리는 내내
등댓불 같은 별빛이 쏟아져 내리고
초롱한 눈동자 하나 길라잡이가 된다

황천항해
— 풍랑주의보 2

바다에
바람이 생기고
파도가 몸집을 키운다

풍랑이 거세질수록
배 안의
나는 하얀 얼굴로 죽어 가고
사물은 살아서 미끄럼을 탄다

책상 위의 항해일지가
조타실의 의자가
경사계 추처럼
우현에서 좌현으로
좌현에서 우현으로
현과 현을 탄다

〈황천항해〉

살아 움직이는 사물들의 숨을 죽이고

죽어 가는 나의 숨통을 틔우는
통과의례는 엄숙하다
최대한 배의 속력을 낮추고
파도와 파도가 만드는
사선을 넘고 또 넘어야 한다

죽음은 더없이 넓고
파도는 첩첩한데

술래잡기

무궁화꽃이 피었습니다
카톡!
남해 앞바다에
무궁화꽃이 피었습니다
카톡! 카톡!

불법 어선들이 알지 못하게
AIS* 전원을 끄고
아무리 은밀하게 움직여도
소문의 빠르기는 선속의 제곱이다

어업지도선 무궁화호가 저 멀리 보이면
동쪽에서도
무궁화꽃이 피었습니다
서쪽에서도
무궁화꽃이 피었습니다

술래가 눈을 떴다고
사랑하는 사람들 꼭꼭 숨으라고

유자망, 새우조망, 연안통발
업종마다
포구마다 카톡이 날아다닌다

바다에는 오늘도 '술래잡기'가 한창이다

* 선박위치표시기.

S.O.S

분다.
색소폰이라는 이름보다는
나발이라는 이름이 더 좋다며
오늘을 분다.

파마머리 큰 바위 얼굴의 통신장

연습 시간이
1만 시간은 되어야 한다며
시간 날 때마다
S.O.S를 나발로 풀어낸다.

중년의 배 위에
조난된 청춘을 찾아

모스 부호
장장장 단단단 장장장
S.O.S
신호를 바다 먼 곳으로 보낸다.

고향 바다

'2중 이상 자망 적재' 혐의로 태평호가 검거된 아침
수산자원관리법 제37조에 의하여
나도 가슴으로 조서를 받는다

블록 담 하나 사이에 두고
"형님!"
"동생!" 해온 이웃인데
조서를 받아야 하나?
말아야 하나?
내 안의 기압골이 팽팽해진다

머리를 숙이고
서로 마주 보지 못하는
눈과 눈은
수심을 알 수 없는 바다가 된다

고향 바다는 물안개가 자욱하다

코에 걸리다

-정선하세요.
-어선 정선하세요.
고속단정에 실린 내 목소리가 파도에 젖는다

어선이 전속으로 달리며
튕겨 내는 파도는
11월의 칼이다
칼끝이 얼굴을 찔러 올 때마다
나는 자꾸만 눈을 감는다

잡으려는 자와
달아나려는 자 사이
목소리가 파도에 부서진다
지금까지 살아오면서
언제 이렇게 간절히 소리친 적이 있었던가

원양어선을 타고 나가던 날
가지 말라고
낯설어지는 세월이 싫다고

흐느끼던 그녀의 목소리가
파도를 타고 온다

구르듯 어선에 오른다
내 몸에서 바다가 주르륵 흘러내린다
25㎜ 이하의 그물코를 벌렁거리며
갑판에 누워 있는 새우조망이
수산자원관리법 제6조의 코에 걸린다

빗장을 여는 시간

아침부터 출근한 목소리들이
항박일지에 '근무 중 이상 없음' 글을 남기고
집으로 돌아간 저녁
손전등과 열쇠 꾸러미 손에 들고
당직이라는 이름으로 부두를 순찰한다
손전등 불빛은
어둠의 허리를 베는 한 자루 칼이다
예리하게 잘려 나가는 어둠 속을
줄타기하며 부두 정문 앞에 선다
자물통을 입에 꽉 물고 있는
어업지도선 전용 부두 출입문이
'외부인 출입 금지'를 외치며 바리케이드를 친다
열쇠 꾸러미 소리에
입이 쩍 벌어진 자물통을 따내고
들어가는 부두는
세상 밖의 세상
세상 안의 별세계다
무궁화라는 이름으로
불 꺼진 바다에 동그마니 떠 있는

배들은 나를 애타게 기다리고 있다
부두를 끌어안고 있는 계류삭은 튼실한지
기관실 파이프는 심혈관 질환을 앓고 있지 않은지
레이다를 돌린다
보안점검일지에 써지는
'점검 결과 이상 없음.'
글이 어둠 속에 비뚤하다

복어

간밤 꿈속에
나는 한 마리 까치복이었다
은복, 검복, 황복과 함께
오징어 무리를 공략할 때를 기다리는데
갑자기 상어가 나타나고
눈앞에 먹물이 번졌다

내일은 제주항으로 귀항하는 날

허가 외 조업을 하는 외국 어선을 단속하는 시간 위로
전보 한 통 날아들었다
-우리 해역에 밀려들어 온 이국의 그물을 철거할 것.
-귀선의 출동을 1일 연장함.

열흘 동안 해풍 속에서 키워 온
그리움이 추락할 겨를도 없이
열여덟 개의 다른 손들이
셀폰을 들고
앞다투어 항공사 문을 연다

-아! 비행기표가 없네.
-아! 비행기표가 매진이네.
조타실에서도
기관실에서도
휴게실에서도
장탄식이 분수처럼 터진다

시월 마지막 주말
부산행 기류에 편승하고 싶은
복어들이
한껏 부풀린 배로
박제된 비행기표를 향해 숨을 불어 넣는다

일천 일 만의 귀환을 기다리며

방송사마다
'세월호 시험 인양'을
티브이 화면에 고딕체로 쓰는 날
팽목항 앞에는
국가어업지도선 무궁화 2호가
가슴에 노란 리본을 단다

고속단정에서
배에 오르는 '미수습자 가족'들은
한 걸음 한 걸음 내디딜 때마다
습기 잃은 진도의 바람을 몰고 다닌다

사고 해역으로 가는 내내
배 안에는
바람이 서걱이는 소리로 가득하다
때때로 절망 속에서
선체를 인양하는
희망의 기자회견을 하지만
'미수습자 가족'이라는 이름표를 단 눈들은 벼랑 같다

복도를 오가다가
눈과 눈이 마주칠 때면
같이 아파하지 못한 눈들은
자꾸만 추락한다

맹골수로로 가는 길에
일천 일 동안
줄지어 선 시간들이 따라온다

대마도가 잡히는 날

하늘과 바다가
푸른 등짝을 부비는 날
100의 4해구
대마도 상단에 있는
크레인이 고속단정을 달고 허리를 편다

아청빛 원피스에
하얀 레이스를 달아 주며
고속단정이 전속으로 달린다
어선은 갑판에
잡어를 한가득 퍼 올려놓고
만선의 꿈에 취해 있다

수산업법 제23조 1항 조업구역 위반이다

대마도가 손에 잡힐 듯한 오늘
새우조망이
딱! 걸.렸.다.

3부

무 적 그 사 랑 의 기 적

대화퇴 1

11월이 바람에 펄럭이는
대진항에서
동쪽으로 해도를 펼쳐 가면
대화퇴의 한 조각 조업자제선을 만난다

오징어 어군들이
내 몸에 맞는 냉수대를 찾아
남에서 북으로 자유로이 이동할 때
어선들이 따라가지 못하게
뱃길을 꽁꽁 묶는
조업자제선은
바다의 삼팔선이다
디. 엠. 제트다

어창에 비린내가 말라 가는
어선들을 볼 때마다
둘로 나누어진 몸이 아닌
한 몸이 되게 해 달라고
더 이상 시름 많은 바다가 되지 않게 해 달라고

파도라는 이름으로 궐기를 한다
겨울이 깊어 갈수록
크게
더 크게.

항구의 출산

안개 짙은 시월의 제주항은 만삭의 산모다
아침부터
저녁까지
시간을 헤아리며
순차적으로 선박을 출산한다

제주가 고향인 엄마는 무남독녀였다
어린 시절 겪었던 혈육 없는 설움에
아들, 딸 아홉을 낳고는
-마지막이다 이제 마지막이다.
산고의 아픔을 그렇게 울음하며
나를 낳았다고 했다
그런 엄마는
누나가 결혼할 때도
형이 결혼할 때도
'남자는 배 여자는 항구'를 부르며 울었다

만삭의 제주항이
화물선을 낳고

여객선을 낳은 뒤에
젖줄 같은 무적을 울린다
먼 길에 안전 항해하라고
별리의 이 순간에도 배 냄새가 그립다고
안개비를 흩뿌리다가
후드득후드득 장대비를 뿌린다
저만치서 울보 엄마가 머리카락 휘날리며 뛰어온다

야누스, 그 바다

나는 바다를 모른다. 스무 살 참치 연승이 적도를 탈 때
도, 서른 살 오징어채낚기가 남아메리카로 대권항해를 할
때도, 귀항이라는 말보다는 출항이라는 말이 더 편안한
마흔아홉 살의 바다에서 대어를 기원하는 지금도, 나는
바다를 모른다.

바다를 아는 것은 배의 흘수를 구하는 것보다, 온종일
조타기를 잡고 변침하는 일보다, 날마다 오징어 자동조산
기*의 수심을 재는 것보다도 더 어려운 일이라서 나는 바
다를 모른다.

원양어선이 첫 가출이었던 나에게도 계류삭 같은 사랑
은 있었다. 부산항을 출항한 뒤 별리의 안타까움은 나를
친친 감고 수면 아래로 자꾸만 침몰시켰다. 아무리 발버
둥을 쳐도 헤어나지 못하는 내 모습이 싫어 사랑을 조류
에 실어 떠나보냈다.

나는 모른다. 작업복에서 흘러내린 내 서른의 세월이
오롯이 바다의 주름살로 누워 있어도 나는 바다를 모른

다. 바다는 야누스 야누스라서.

* 수심을 맞춰 놓으면 자동으로 줄이 오르내리며 오징어를 낚아 올리는
  기계.

무적 그 사랑의 기적

바다는
외로운 날이면
안개나라가 된다
가슴 깊숙이
배와 섬을 가두어 놓고
등대의 불빛마저 가두어 놓고
사랑을 보여 달라고 한다

무적이 운다
-나 여기 있어.
-너 어디 있니?

무적이 운다
-나 여기 있어.
-너 거기 있니?

등대가
배에게
배가

등대에게

안전 항해를 기원하는 메시지들이 소리꽃으로 핀다

해도 속 사람들

섬이 섬을 안고 돌아가는 곳
전남 진도군 조도면 병풍도 북방 1.5마일 해상에서
제주도로 가던 재잘거림을 찾아
수색을 한다
눈이 망원경을 달고
아무리 사방을 둘러봐도 파도만 무성하다

당직 시간마다
항해일지에 적힌 글을
나도 무심한 시간 위에 적는다
16시 00분
병풍도 남방 3.0마일 해상
'실종자 수색 중 특이 사항 없음.'

또, 하루가
속절없이 맹골수로에 눕는다
어선들도
어업지도선도
경비정과 군함도

일백마흔의 하루를 이렇게 침몰시켰다

오늘은 큰 보름달이 뜨는 날
두 눈 시퍼렇게 뜨고 아이들을 잃은 사람들
두 눈 시퍼렇게 뜨고 아이들을 못 찾는 사람들이
공존하는 바다는
시속 6노트
급류를 타고 흐른다

태풍이 지나간 뒤

'뉴스 속보'
남해안에 상륙했던
태풍이
동해로 빠져나가고 있습니다.

티브이가 뱃멀미처럼 쏟아내는 시간의 뒤편

부두는
전쟁터다
아수라장이다

오로지 아생我生을 소리치며
피항했던
유자망, 오징어채낚기, 통발, 트롤 어선들이
연후然後
어획漁獲을 부르짖으며
계류삭을 풀어 던진다

태풍이 지나간

바다에서 만선의 깃대를 제일 먼저 꽂고 싶은
배들로
항구는 북새통이다

모슬포

이른 새벽
비린내가
수협 공판장
문을 연다

종소리 앞세운
경매사
바다를 흥정하고
중매인들
손짓이
살 오른 바다를 낚는다

바다가 공판장에서 밀물로 빠져나간 뒤

길모퉁이
빨간 고무통에는
조기, 가오리, 민어 몇 마리
빼앗긴 바다를 생각하며
시름에 젖어 있다

발자국 소리 들려 올 때마다
-고기 좀 사 가소.
할망의 주름진 목소리
방파제 너머로
파도가 붙들고 간다

낯선 겨울

한파특보 내린 날이었습니다
당신은 "남쪽 나라에 흰 동백꽃 핀다." 하고
나는 "북태평양에 첫눈이 온다." 했습니다

그날 당신이 있는 남쪽 나라엔 이국에서 온 바이러스가
티브이 채널마다 감염시키고 있었고, 북태평양은 황소바
람에 찢겨 파도가 눈처럼 날리고 있었습니다. 그 하얀 비
말대에 놀라 비말을 찾는데 바다에는 정작 황천荒天이라
는 말이 둥둥 떠다니고 있었습니다.

온 세상이 잿빛에 갇힌
시간의 저편,
그래도
당신과 함께할 날이 가까워지고 있다는 이야기가
비말도
비말대도 없이
희망으로 펄럭였습니다

홀쭉해 가는

12월의 허리를 황천항해라는 이름으로 돌아나가던
이야기
마스크가 하루빨리 얼굴을 벗어던지길 희망하는 아침에
어깨를 토닥입니다

수장

가슴이 먹먹하다

-우리 선원이 작업하다 물에 빠졌소.
오징어채낚기 아카시아호 선장의 풀죽은 목소리가
무선호출기에서 흘러나온 지 1시간,
그 너머로
풍랑주의보가 조기처럼 펄럭인다

나이는 스물여섯
육지가 고향인 이국의 청년은
바다지기가 평생의 꿈이었다고 했다

갈까마귀처럼 목 놓아 울지 못하는
충혈된 눈들이
상갑판에 모여
수평선 한쪽을 재단한다
머리를 산발하고 마음껏 울음하는 바람은
실종된 선원의 상주
갑판에 불시착해 흘러내리는

파도는 상주의 눈물이다

노을이 초혼하는
동쪽으로
오징어채낚기어선들이 줄지어 몰려간다

착시현상

집어등을 켠다

먼바다에서
가까운 바다까지

줄지어 선
어선들의 불빛은 잘 벼린 칼날이다

갑판에 모인
칼들이
짙어 가는 어둠을 베어 내고 있다

칼날과
칼날 사이
베어지지 않은
어둠들이 모여 용오름을 한다

오름을 따라 올라가는 눈길을 향해
선임 선원이 찬물을 끼얹는다

-착시현상이야. 착시현상!

당신을 향한 그리움이 용오름을 하는 그믐 저녁에

대변항의 꿈

뱃전에 흘러내린 그물을 턴다

풍년호가
갑판에 그득한 만선을
대변항*에 풀어내는 내내
그물코에 집을 짓고 살던
비늘이 떨어져 비행을 한다

제비갈매기 하나둘 모여
바다에 떨어진 비린내를 쪼고
아낙네들이 함지박 하나씩 들고 와
멸치를 줍는다

오늘도
갑판장 김 씨가 터는 것은
딸아이 결혼 예물 걱정
갑판원 이 씨가 터는 것은
아들 대학 등록금 근심이다

갑판에 쟁여진
그물을 당겨 멸치를 털 때마다
아버지란 이름이 여물어 간다

* 부산시 기장군 기장읍에 있는 마을 이름.

왜가리

바다가 줄지어 몰려가는 길목에 서 있다

사리 때가 되면
모자, 고무장갑, 가슴장화, 삽
머리에서
발끝까지
중무장하던 아버지

썰물이 갯벌을 다독이고 간 시간 너머로
가슴장화가
갯물 흥건한 구녕을 찾아내면
삽은
제 모가지까지 깊숙이 찔러 넣었다 빼내고
찔러 넣었다가 빼내며 바다의 속살을 퍼내었다
그런 뒤 고무장갑이
구녕 속 깊숙이 찾아들면
물컹한 느낌으로 잡히는
낙지 한 마리
아버지의 잃어버린 웃음꽃을 피워 올렸다

달포 중 갯벌의 가슴이 가장 넓어지는
오늘
갯물 찰랑이는
바다의 경계에서
아버지가 물비늘의 퍼덕임을 지켜본다

순대말이

오징어 철이면
먹물로 날마다 목욕하는
유자망은
힘들 때마다 순대말이*를 한다

사고가 나면, 바람 부는 갑판에서 한가로이 누워 있던 모습은 어디에서도 찾아볼 수 없다. 그물코와 코가 둘둘 말려 수면 위로 올라오는 유자망은 더 이상 그물이 아니다. 이 순간 학익진을 펼치고 바다를 호령하던 그물은 죽고 작은 입으로 먹물을 쏘며 항거하던 오징어는 살아 바다가 된다.

어시장에서 별을 안고 상자에 비린내를 주워 담던 김 씨
들판에서 온종일 해를 짊어지고 쟁기질하던 이 씨
달동네에서 달을 안고 포장마차를 하던 박 씨는
세월 갈수록
고무줄처럼 늘어나는 빚에
순대말이 되어 바다로 왔다

순대말이가
순대말이를 풀어내는
만선호는
오늘도 어군탐지기를 켜고
격렬비열도를 격렬하게 지나간다
갑판에는
어둠보다 더 짙은 먹물 옷 입고
유자망이 하늘의 별을 헤는데

* 그물의 뜸줄 부력과 발줄의 침강력이 힘의 균형을 잃어 그물이 수중에
  서 펼쳐지지 못하고 둘둘 말리는 현상.

아버지의 바다 1

바다가 물안개를 피워 올리는 날
아버지의 안경을 쓰면
서랍 속 깊이 잠들어 있던
허리 굽은 바다가 기지개를 켠다

아버지의 집은
항구에 사글세를 사는 배였다
배는 기적 소리가 줄을 풀어 주고 떠나면
달포가 다 닳도록
그물로 바다를 퍼 올렸다
갑판이 비린내로 흥건할 때마다
갈매기들은
만선을 향해 출렁이는
아버지의 꿈을 축하해 주었다

어느 날
머리가 흰 바다를 짊어지고 오신
아버지는
대문 앞 문패가 여든의 동심원을 그리던 날

먼 길을 가셨다

집 앞에 오도카니 선
섬이 물안개에 젖는 저녁
안경 너머로
아버지의 바다가 손을 흔든다

91의 4해구 편지

2월의 바다가 편지를 쓴다. 편지에는 겨울 날씨와 해류를 따라 움직이는 물고기들의 동향과 어선들의 항적이 있고 선원이라는 이름으로 써 온 당신의 이름이 가득하다.

어장을 찾아가는 트롤 어선을 쫓아오는 갈매기가 뱃전에서 떨어져 나간 비린내 한 조각을 물고 날아오른다. 순간, 사랑한다는 말도 하지 못한 채 바다가 되어 온 나를 본다. 지금까지 나는 당신을 향한 그리움을 안으로만 쟁여 온 빨간 우체통이었다.

굳게 잠겨 있던 자물통을 열고 그리움의 조각들을 바다에 던진다. 서른 날마다 있어 온 이별인데 오늘따라 바다로 가는 길은 멀다. 부산시 영도구 생도 남방 22km 번지 없는 주소가 소금 빛으로 반짝이는, 여기는 당신과 나만의 별리 길목 91의 4해구

제주항 연대기

산지등대가 내려다보는 제주 외항 매립지 절벽에 해골 동굴 있다. 햇볕이 들지 않는 동굴 속살 깊숙이 눈빛을 찔러 넣으면 바람의 손톱에 할퀴고 파도의 이빨에 찢겨 나간 제주가 보인다.

'풍화'와 '침식'에 두 눈을 잃고 난 뒤, 보이는 것만이 세상의 전부가 아니란 것을 알았다는 해골동굴은 그냥 동굴이 아니다.

오랜 잠녀질에 얼굴 가득 주름지고 두 눈 퀭해진 어멍.

오늘도 펄럭이는 기적 소리로 배의 크기를 가늠하며 상형보다 더 획이 굵은 주상절리로 제주항 연대기를 쓴다.

영도 이야기

영도다리가 일어서는 날
2시의 사이렌 위에
'굳세어라 금순아' 노래
추억으로 펄럭인다

아무리 기다려도
뱃고동 소리는 들려오지 않고
다리를 잃은
남포와 영도 사이
바람이 해면을 할퀴고 지나간다

영도에서 태어난 사람들
아니면 피난민이 되어 온 사람들
그도 아니면 비린 바다를 철썩철썩 짊어지고 다니는 사
람들
하나둘 모여 사는

영도는
세월이 가도

변하지 않는 온도
변하지 않는 사람들이 만드는 그림자 섬이다

영도 사람들은
파도로 부서졌다가
바다가 되는 시간을 입고
날마다 가슴 따뜻한 자반고등어가 된다

4부

바람의 언덕에 부는 바람

성산 일출봉

새벽은 커다란 거미집이다

여명이 펼치는
거미줄
너머
몸을 숨긴 거미가
먹물보다 진한 어둠을 갉아먹고 있다

밝음과 어둠 사이
하나의 경계로 떠 있는
바다는 갈피를 잃고 하얗게 질려 있다

먼 동쪽으로부터
붉은 비단 치마 차려입은
거미가 점점 다가오는 소리
금빛으로 번진다
-새해 아침이다.
-복 받아라.
-복 받아라.

수평선 너머로
밤새운
갈치잡이 어선들의 불빛이 졸음에 겨워 깜빡인다

얼굴 해도

통영항을 출항하며
나만의 해도를 그린다
미륵도, 거제도, 한산도, 비진도
크고 작은 섬들이
당신의 얼굴 안에 위치를 잡는다

선속 10노트로 항적을 그리며 달리는
근해통발 대운호의 목적지
동중국해는
셀폰의 전파가 닿지 않는 먼바다

-가지 마라. 이 새끼야! 가지 마라.
울면서 욕지거리를 퍼붓던 그녀의 목소리를
욕지도를 지나기 전에
한 번 더 듣고 싶지만
집착의 무게에 짓눌리는 내가 싫어
셀폰 전원을 끈다

대신, 난바다의 날 선 파도에

그리움의 귀퉁이가 다 닳기 전
활어창에 장어를 가득 채워 오리라
당신의 얼굴 해도에 글을 쓴다

미투

동해 일출 사진 한 장 친구에게 카톡으로 보낸다
-여기가 어딘가?
-대화퇴라네.
-ㅎ 난 수평선에 걸린 구름이 육지의 갈비 한 짝쯤 되는
줄 알았네.
-그 갈비짝 같은 놈이 온종일 나를 죽어라고 따라다닌
다네.
-스토킹이구만.
-글쎄! 내가 구름을 뒤쫓는 것인지 구름이 나를 뒤쫓는
것인지 알 수 없지만 신기루같이 다가올 때가 있다네.
-어떻게 말인가?
-고향같이 따뜻한 사람 생각할 때면 그 깊이만큼 더 또
렷하게 다가온다네.
-장미꽃보다 더 붉은 유혹이네.
-ㅋ 세상에 둘도 없는 애수인지도 모르지.
-시를 한번 써 보시게.
-친구가 한번 써 보시게.
-미투.
-ㅎ 미투.

태풍 전야

바다는 천만 마리 겁 많은 개떼다

태풍이 올 때면, 개떼들은 코를 킁킁거리며 최대한 몸을 납작 엎드린다. 아무도 태풍이 온다고 말해 주지 않아도 세상을 향해 으르렁거리던 주둥이를 수면 아래로 깊숙이 집어넣고 숨소리조차 내지 않는다.

개떼들은 병졸 하나 없는 천하대장군 태풍이 종횡무진해 오면, '동족'이라는 대명사보다는 '개'라는 명사답게 서로 물고 뜯어 하얀 피를 보리라 다짐한다. 음흉한 눈빛은 최대한 수평선 너머에 감추고 꼿꼿한 꼬리는 수면 아래에 깨끗이 말아 넣고서 때가 오기를 기다리는

바다는 천만 마리의 비정한 개떼다

용의 남자

결재란을 가득 채운 그의 싸인에는
펜의 먹물만큼 진한 바다 냄새가 난다
오대양 육대주를
안방 드나들 듯했다는 삶이
휘감아 도는 획수마다 파도로 출렁인다

부산항에서
마젤란 해협을 지나
남미 우루과이 몬테비데오로
눈 감고도 항로를 그렸다는
그의 눈에 바다가 떨어진다

사랑도 순탄치 않아
출항할 때마다 감아올리는 계류삭처럼
만남의 끝을 몇 번이나 고쳐 잡았다는
그의 등이 출렁인다

결재판을 가득 채운
선적해야 할 부식 이름 앞에서

선원이라는 이름으로
다시 바다로 가고 싶은

바람의 언덕에 부는 바람

정월 초이튿날
바람의 언덕으로 가는 길에
바닷가 뼈만 남은 폐선,
그 안에 사는 바다 냄새가
검둥모자반 빛으로 눈을 찔러 온다

교회 종소리의 울림을 따라
아버지의 주름진 길을 걷는다
시베리아에서 건너온 날 선 바람이
내 콧등과 귀를 칼질할 때
조그마한 목선을 타고 정치망 물을 보던
아버지의 숨결이 거칠게 와 닿는다

도장포에 닻을 내린
칼바람은
호주머니 안에
손을 가둬 놓고 빼내질 않는데
정월의 바람으로
그물을 짜던 그 손 얼마나 시렸을까

바람의 언덕에 서면
칼바람을 등지고
깡통 군불로 손을 녹이던
아버지의 옹이진 시간이 파도로 밀려온다

항해, 그 역마살에 대하여

오늘도 프로펠러가 돌고 돌아 길을 만든다. 배가 다니는 길이 뱃길이라면 그 종착역은 항구가 되고 배는 역을 찾는 한 마리 말이 되는 셈인데 녹슬어 가는 배의 나잇살을 실타래처럼 풀며 밤낮없이 항해하는 것은 도도한 역마살 때문이다.

배가 입항한 뒤 선원들 몇몇 항구 주점으로 들어간다. 주점이 선원들에게서 참새 방앗간 같은 하나의 간이역이라면 선원들은 역을 드나드는 말인 셈인데 주점 창가 테이블에 앉아 술잔을 기울일 때마다 항구를 떠돌아 온 역마살이 숨결처럼 풀린다.

그러니까 '항해'라는 명사를 통하여 바다는 배나 선원들의 살찐 역마살을 실처럼 풀어내어 주는 어머니 같은 공간인데 물을 떠나서는 살지 못하는 공통분모 하나 가지고 있더라.

냉이꽃 피는 바다

풍랑주의보 펄럭이는 바다에 서면 알게 된다
파도가 일어선다.
바람이 달린다.
꽃이 핀다.
그런 말

시간 갈수록
바다에 꽃이 만발한다
처음엔 흰 장미꽃 무리였다가
날카로운 바람의 이빨에 찢기고 씹혀
냉이밭이 된다

풍랑주의보 내린 날
배는, 똥 마려운 한 마리 수캐
냉이꽃 피고 지는 시간의 밭둑길을
천천히
아주 천천히 뒤뚱거리며 간다
황천항해라는 이름으로 밑을 닦으며

남극해양과학기지를 그리며

'월동연구대 근무 안내'
남극에서 온 문서는
자음과 모음이 온통 유빙 조각이다
행여, 바다를 건너온 글자들이 녹을까
나는 온몸으로 바람을 막으며
세계지도 위에
백과사전을 펼친다
남극은
남빙양을 입고
크릴새우를 키우고 있다
앨버트로스가
커다란 날개를 펴고
세종과학기지로
장보고과학기지로 비행한다
황제펭귄과 도둑 갈매기
바다표범은
그 옛날 남대서양에서 뼈를 키워 온
나와 같은 족속이다
남미 끝자락에서

귀국길에 오르는 배를 향해
아디오스
아디오스
눈물로 손을 흔들던,
족속을 찾아 이제는 가야 할 때

겨울 어머니

12월의 쪼시개*는 바다의 주름 속에 산다
바위와 바위
바위와 모래톱 사이
석화를 키우던
바닷물이 먼바다 구경을 떠나는 시간,
해안선에 선다

석화들이 어깨싸움하는
크고 작은 갯바위는 온통 하얀 목련밭이다
살이 오른 꽃송이를
해마다
쪼고
또 쪼아
뭉툭해 가는 쪼시개가
공중에서 포물선을 그린다
선과 선
면과 면이 만나는 시간의 꼭짓점에서
꽃잎이 떨어져 나가고
꽃술이 바구니에 담긴다

밀물이
바위에 살 부비며
먼바다 이야기를 풀어 놓을 때
몸을 일으켜 세우는
쪼시개에게 하늘이 열린다
온몸에
상흔처럼 핀
굴쩍을 털어 내는 주홍의 시간
땅거미가 떨어진다

* 굴 따는 데 사용하는 기구.

바다를 건너온 봄

수밀문 굳게 닫힌
배 안으로
새 한 마리 날아들었다
카톡!
셀폰을 열어 보니
찻잔 속에 활짝 핀 매화 사진 한 장
글 몇 줄 적혀 있다
-매화차 한잔 보내 드립니다.
-바다에서라도 봄을 만끽하시길 바랍니다.

지금 이 바다는
겨울이 지나가는 섭씨 9도
당신이 있는 곳은
봄이 오는 섭씨 14도의 대지다
지금 머무는 자리와
돌아가야 할 자리와의 온도 차이는
매화꽃 피어 있고 없고다

가슴으로

매화차를 마신다
카톡에 부쳐지지 않고
당신 곁에 머물던 차향이 내게로 온다
수평선으로 성을 쌓은
바다에
봄이 오는 소리 물수제비로 뜬다

안개주의보

당신에게로 가는 길에
접근금지 명령서 한 통 날아들었다

접근금지 가처분 요청을 한 사람도
행정 법원도 없는데

이 바다에
어떻게 송달되었을까

접근금지 명령서를 보면
투명한 듯 하얀 봉투 속에
글이 희미하게 보인다

〈10미터 이상 접근 금지〉

어제까지
초속 14미터의 바람을 안고
가슴에 목련꽃을 피워 올리던
바다는 지금 심정지 상태다

울릉도에게

12월이라는 이름으로
한 장만 남은 달력을 짊어지고
금광호 앞에 선다

오늘도 포항 여객선 터미널 앞 화물선 부두에는
배추, 무, 당근, 고추 실은 화물차들이
울릉의 꿈을 꾸며 선적을 기다린다

언제나 그랬다
홀로이 동해의 수심을 재는
너를 위해, 수없이 금광호에 올라온 길이다

밤새 서리 맞은 화물칸이 입을 연다
선적하는 것은 부식인데
간밤 풍랑에 작은 가슴이 멍들지는 않았는지?
묻는, 안부가 화물칸에 먼저 실린다

자갈치 1

길을 걷다 보면
비린 이야기들이 말을 걸어온다
-이리 오이소.
-한 소쿠리 만 원입니더.
-이거 보이소.
-싱싱하니 참 좋습니더.
-사 가이소.
-더 얹어 드릴께예.

오늘도 칼갈이 최 씨가 칼날을 세우는 내내
서울, 대전, 대구에서 온 발길들이 물길을 만든다
물길은 태평양으로 향한 그리움으로
비린내를 겹겹이 입어가며 시간 속을 흐른다
때때로
낯선 손과 손이
어깨와 어깨가 부딪치며
파도가 된다

갈치, 고등어 파는 난전에서도

두투* 전문점 서넛 이웃한 곳에서도
꼼장어구이 포장마차들이 기차놀이 하는 곳에서도
자갈치 아지매들은
저만의 소리로 비린내를 판다

자갈치를 걷다 보면
비린 이야기들이 자갈자갈 들려온다

* 상어 내장을 삶은 것.

아버지의 달

공동어시장에는 달이 뜬다
정형화를 꿈꾸는 달은
고기 상자 안에서
대지가 흥건히 젖도록 비린내를 풀어낸다

아버지는 어부였다
청보리 필 때
고기잡이 나갔다가
청보리 익어 갈 때
돌아온 얼굴엔 거뭇한 달이 떠 있었다
경매를 마친 달은
거울 앞에서
-열심히 살아온 훈장이다.
나지막이 독백하며 아버지를 위로했다

어둑새벽 지나
날이 밝아오는 아침
'달고기'
이름을 부르면

비닐 앞치마 두르고
장화 신은 아버지가 고기 상자 앞에 선다

산골이 고향인 그 사람

바다라는 이름만 들어도
연애 시절 같은 날 있었다지
뱃사람을 만나면
붉어지는 마음 감출 수 없어
-바다를 사는 사람이 부러워요.
그때 바다는 환幻이었다지

산골이 고향인 그 사람
바다를 사는 사람 따라 바다를 살았다지
바람이 불 때마다
낭만에 젖지 말라고
바다는 하얀 파도 피워 올리며 손사래를 쳤다지

육지에서
하늘이 노래진다는 말
바다에서
황천항해로 통한다는 것을 알았을 때
바다는 실實이 되어 있었다지

산골이 고향인 그 사람
돌고 돌아
바다가 되었다지

파도

태풍이 지나간
바다에는
날 선 바람에
상처 난 마음이 밀려다닌다

당신이 있는 곳은
수평선을 접었다 펴고
또 접었다 펴도 닿을 수 없는
먼 곳이라서

사랑한다는 말도
그리웁다는 말도
몸의 언어로만 할 수 있어서

태풍이 여름날 막차처럼 지나간
바다에는
당신에게 가지 못한
찢기고
부서진 마음이

수평선 가득 하얗게 밀려다닌다

바다의 몸, 바다의 언어

오민석 (문학평론가 · 단국대 명예교수)

    삼면이 바다인 나라 치고는 아쉽게도 해양 문학의 성과가 빈약한 한국에서, 이 시집은 매우 특이하고도 신선한 느낌으로 다가온다. (19세기 중반 미국의) 고래잡이에 관한 극히 전문적인 경험과 지식이 없이는 도저히 써질 수 없었던 허먼 멜빌의 『모비 딕』처럼, 이 시집은 수십 년 바다 위에서 선원으로 살아본 경험과 지식이 없는 사람이라면 도무지 쓸 수 없는 시들로 이루어져 있다. 그래서 더욱 독특하다. 멜빌에게 바다가 인간의 무의식, 이해 불가능한 세계의 심연, 혼란스러운 거대한 힘의 상징이었다면, 박수찬에게 바다는 그대로 삶의 터전이자 삶을 비추는 거울이며, 사람들 속으로 스며들어 그들과 하나가 된 거대한 몸이다. 시인에게 그것은 정신이나 개념이라기보다는 말 그대로 몸이어서, 생생한 감각으로, 물질로 존재한다.

박수찬에게 바다는 인간의 삶이 녹아 들어간 몸이며, 그의 시들은 그 몸의 소리를 받아쓴 생생한 언어이다.

바다, 동일시의 언어

돛대 꼭대기에 앉아
흔들리는 배를 따라 놀던
해가, 하루의 쉼표를 찍어 갈 때
갈매기 한 마리
수평선 위에 빨간 알을 낳는다
알에게서
수평선은 양수
바다는 양막이다
하루가 몰락하는 시간을 딛고
알은
붉게 물든 바닷물에 몸을 풀고
배는
어둠 속에 몸을 푼다
나는
아스라이 멀어져 가는 뱃길 속에 당신을 푼다
─「항해 그 뒤편」 부분

바다에 지는 해를 시인은 "빨간 알"이라 부른다. 그것에게 "수평선은 양수"이고 "바다는 양막"이다. 시인에게 해와 바다와 수평선은 하나의 세계가 탄생하는 거대한 자궁이다. 시인의 세계는 그 거대한 자궁의 투영이고 그것에로의 스밈이며 진입이다. 양막 안에 양수를 품은 거대한 알이 "붉게 물든 바닷물에 몸을 풀" 때, "배는/ 어둠 속에 몸을 푼다". 몸을 풀다니. 그것은 한 세계를 낳는다는 말. 태양이 몸을 풀 때, 그것과 함께 바다 위에 떠 있는 배도 "어둠 속에" 몸을 풀고, 그 배 위에 있는 "나"도 "아스라이 멀어져 가는 뱃길 속에" "당신"이라는 존재를 푼다. 해와 바다, 배와 인간은 이렇게 하나의 동일한 궤도 위에 서 있는 다양한 좌표들이다. 박수찬에게 바다는 어디 멀리 있는 공간이 아니라, 그가 일하는 배와 한 몸이며, 그 배 위에 있는 시인과도 한 몸이다. 그의 바다 시편들은 이와 같은 동일시에서 출발한다.

귀를 벽에 걸면
당신의 목소리 들려옵니다
언제나
소리의 시원은 기관실입니다

미더와치 뒤
나만의 자유를 찾는 시간,
침실은 자궁

벽은 소리 탯줄
나는 선원이라는 이름의 태아가 됩니다
─「항해는 소리로 길을 연다」 부분

시인이 의인화하는 "당신"은 배이고, 그것의 "목소리"
는 그것의 심장인 엔진의 소리이다. 당직 근무("미더와
치")를 끝내고 돌아온 침실을 시인은 "자궁"이라고 부른
다. "선원"은 그저 "이름"일 뿐, "나"는 배라는 자궁 속의
"태아"로, 침실의 "벽"은 배의 심장 소리를 들려주는 "탯
줄"로 은유된다. 그리고 배는 그것의 더 큰 자궁인 바다에
떠 있다. 이것보다 더 확실한 동일시가 어디 있을까. 박수
찬 시인에게 바다와 배와 인간 사이에 구분의 경계는 존
재하지 않는다. 그것들은 동일한 생명체(몸)의 서로 연관
된 기관들이며, 동일한 느낌이 전달되는 하나의 궤도이다.

바다에
바람이 생기고
파도가 몸집을 키운다

풍랑이 거세질수록
배 안의
나는 하얀 얼굴로 죽어 가고
사물은 살아서 미끄럼을 탄다

책상 위의 항해일지가
조타실의 의자가
경사계 추처럼
우현에서 좌현으로
좌현에서 우현으로
현과 현을 탄다
―「황천항해 ― 풍랑주의보 2」 부분

시인에게 분리된 세계란 없다. 바다와 바람과 파도는
하나의 어깨처럼 이어져 "풍랑"을 만든다. 바다의 일부인
배도 풍랑의 힘과 각도에 따라 똑같이 흔들린다. "배 안
의/ 나"도 그 풍랑 때문에 "하얀 얼굴로 죽어 가고", 배 안
의 다른 "사물"들도 "살아서 미끄럼을 탄다". 마지막 연은
바다의 움직임에 의존해 배 안의 작은 사물들이 그대로
따라 움직이는 장면을 상세하게 보여준다. "황천항해"는
위태로워진 거대한 자궁(바다) 속의 존재들이 마치 하나
의 통 속에 들어 있는 마트료시카 인형처럼 똑같이 따라
움직이는 연쇄 운동의 현장이다. 이 방대한 일원론적 존
재론이야말로 박수찬 시인의 사유의 골간이다.

아버지라는 바다

이 시집은 처음부터 끝까지 '바다'라는 마스터 코드master code를 중심으로 이루어져 있다. 뱃사람으로 원양어선을 타고 무수한 바다를 거쳐온 경험과 어업감독 공무원으로서의 경험 등 그의 시들은 한결같이 '바다 경험'에 토대하고 있다. 이 드넓고 광대한 바다 경험의 내러티브 안에서 가장 자주 반복되는 것이 있다면, 그것은 바로 시인의 아버지 이야기이다. 그의 시에 나오는 아버지는 대타자The Other나 대문자 팔루스Phallus가 아니다. 그의 아버지는 바다라는 무변광대한 존재 안의 한없이 작고도 약한 또 하나의 바다, 그러나 온몸으로 자신의 운명을 받아내고 견뎌내는 바다로 묘사된다.

아버지의 작은 배는
언제나 바가지 하나 가슴에 안고 있다

비바람 불고
큰 파도가 일어나는 날
짐칸에 물이 차오르면
바가지는
가라앉은 배의 수심을 퍼 올린다

한평생 밑바닥을 향해 바가지를 긁어 온

외골수 세월이
손바닥에 못으로 박여도
아버지는 배에 오를 때마다
바가지를 잡는다
바가지가
짐칸에 머리를 들이밀고
바가지를 긁을 때마다
아버지의 주름진 세월도 바다로 간다

오늘도
헐거워진 허리춤 추스르며
뱃전에 앉은 외골수는
물을 퍼내어 바다를 살찌우고
정을 퍼내어 나를 키운다
——「바가지」 전문

　이 시에서도 바다, 비바람, 파도, 작은 배, 아버지, 바가
지 같은 기표들은 동심원처럼 "나"의 외곽에 펼쳐져 있다.
나는 이 거대한 동심원의 세계에서 가장 작은 원이다. 이
거대한 궤도는 비바람과 파도를 타고 멀리 바다에서 시작
하여, 아버지의 작은 배, 그 안의 아버지, 아버지의 바가지
를 거쳐 나에게 몰려온다. 그러므로 이 모든 동심원의 운
명은 하나이며 바다라는 마스터 코드의 법칙을 따른다.
가장 큰 동심원에서 비바람이 불고 파도가 칠 때, 작은 배

의 "짐칸"에 물이 차오르며, 그러할 때 아버지의 바가지는 "가라앉은 배의 수심을 퍼 올린다". 아버지가 물을 퍼내는 행위는 바다의 규칙에 순종하고, "바다를 살찌우"는 행위이다. 아버지는 이런 운명을 마다하지 않는 "외골수"이며, 그 한결같은 행위로 "나를 키운다". 거대한 바다-언어는 파도와 비바람의 언어, 작은 배의 언어, 아버지의 언어를 거쳐 내게 와 나의 언어가 된다. 시인이 하는 일은 그 언어를 기록하는 일이고, 시인은 그 언어의 매트릭스를 아버지의 바다와 아버지의 배에서 발견한다.

선창에 목줄을 매고 온종일 삐걱이는
아버지의 작은 목선은 서당이다
이물에도, 고물에도
독해할 수 없는 글들이 가득하다
오늘도 소금기 가득 머금어 독 오른 해풍이
어깨동무를 겹겹이 하고 몰려와
아버지의 팔순 주름을
갑판에 새기고 돌아간다
새롭게 각인된 글자들을 볼 때마다
아버지의 눈은 회한의 글을 쓴다

-너도 이제 다 늙어 가네. 한세상 산다꼬 고생 참 많았데이.
　　―「아버지의 배」 부분

아버지의 "작은 목선"은 글자들로 가득 찬 "서당"이다. 그것엔 온갖 "독해할 수 없는 글들"로 가득 차 있다. 왜 독해할 수 없을까. 아버지의 작은 목선은 스스로 의미를 결정할 수 없는 기표들로 가득 차 있기 때문이다. 그것들의 의미(기의)는 그 목선의 자궁인 '바다라는 마스터 약호'가 멀리서 몰려와야 비로소 결정된다. "온종일 삐걱이는" 아버지의 배의 의미는 먼 바깥에서 바다의 언어가 다가올 때야 비로소 윤곽이 잡힌다. "소금기 가득 머금어 독오른 해풍이" 몰려와 "아버지의 팔순 주름을 갑판에 새기고 돌아갈" 때야 비로소 아버지의 배는 독해가 가능해진다. 그제야 비로소 아버지는 "회한의 글을 쓴다". "너도 이제 다 늙어가네. 한세상 산다꼬 고생 참 많았데이." 이 문장은 아버지가 읽은 아버지의 배, "작은 목선"의 의미이자, 그것과 한 운명을 살아온 아버지 자신의 의미이기도 하다.

아버지의 집은
항구에 사글세를 사는 배였다
배는 기적 소리가 줄을 풀어 주고 떠나면
달포가 다 닳도록
그물로 바다를 퍼 올렸다
갑판이 비린내로 흥건할 때마다

갈매기들은
만선을 향해 출렁이는
아버지의 꿈을 축하해 주었다

어느 날
머리가 흰 바다를 짊어지고 오신
아버지는
대문 앞 문패가 여든의 동심원을 그리던 날
먼 길을 가셨다

집 앞에 오도카니 선
섬이 물안개에 젖는 저녁
안경 너머로
아버지의 바다가 손을 흔든다
―「아버지의 바다 1」 부분

　바다는 배의 집이다. 배는 자궁인 바다에서 태어나 양
수 같은 바다를 떠돈다. 바다가 배의 집이라면, 배는 "아
버지의 집"이었다. 아버지는 그 안에서 "달포가 다 닳도
록/ 그물로 바다를 퍼 올"리며 살았다. 어느 날 아버지는
"머리가 흰 바다를 짊어지고" 오셨다. 그렇게 세월이 흘러
"문패가 여든의 동심원을 그리던 날" 아버지는 세상을 떴
다. 아버지는 어디로 가셨을까. 아버지는 자신의 '집의 집'
인 바다로 갔다. 이젠 바다와 하나가 된 "아버지의 바다"

가 시인을 호출한다. 시인의 집은 어디인가. 시인의 집은 아버지이다. 시인과 시인의 집인 아버지와, 그 아버지의 집인 배와 배의 집인 바다가 꼬리를 물며 이렇게 하나의 거대한 연쇄를 이룬다.

바다, 몸의 언어

바다는 정신으로 말하지 않는다. 바다는 개념으로 말하지 않는다. 바다는 오직 바람과 파도로, 풍랑과 햇살로 말한다. 바다는 추상의 언어를 모른다. 시인에게 바다는 감각과 몸의 언어이고, 물질의 언어이며, 유기체의 언어이다.

당신이 있는 곳은
수평선을 접었다 펴고
또 접었다 펴도 닿을 수 없는
먼 곳이라서

사랑한다는 말도
그리웁다는 말도
몸의 언어로만 할 수 있어서

태풍이 여름날 막차처럼 지나간

바다에는
당신에게 가지 못한
찢기고
부서진 마음이
수평선 가득 하얗게 밀려다닌다
—「파도」부분

바다의 언어는 "몸의 언어"이다. 파도는 "사랑한다",
"그리웁다"고 말하지 않는다. 파도는 부딪히고 깨지며, 빛
으로, 소리로 온다. 파도는 인간의 언어인 시니피앙(기표)
을 닮았다. 시니피앙은 개념이 아니라 음성 이미지sound
image이다. 그것은 시니피에(기의)와 마주치지만, 그것과
의 결합엔 아무런 필연성이 없다. 시니피앙—시니피에 관
계의 이 무한한 '자의성arbitrariness' 때문에 시니피앙은 하
나의 고정된 의미를 갖지 못한다. 이것들의 결합인 기호
로 "당신이 있는""먼 곳"에 가 닿을 수 없다. 바다엔 당신
에게 닿을 수 없는 몸의 언어가, "당신에게 가지 못한/ 찢
기고/ 부서진 마음이", 파도라는 소리로, 물질로, "하얗게
밀려다닌다". 이 시에서도 시인은 거의 무의식적으로 바
다의 언어와 인간의 언어를 동일 선상에 놓고 있다. 그것
들은 모두 몸의 언어이기 때문에, 소리로, 빛으로 말한다.

칠성이가 참치잡이 원양어선 유니코리아에 처녀승선을 한 날이

었습니다. 호기심 많은 선원들이 많고 많은 이름 중에 왜 칠성이냐고 물어보면요. 칠성각에 빌고 빌어 얻은 귀한 아들이라 그렇게 이름 지었다고 했습니다.

열여덟 살 그 여린 손으로 투승投繩과 양승揚繩을 처음 한 날, 양 손바닥에 안티푸라민을 두텁게 바른 뒤 면장갑을 끼고 잠을 잤는데요. 얼마나 아렸으면 잠결에도 "아야! 아야!" 소리가 아리랑 고개를 넘었습니다.

하루 이틀 지나고 칠성이 손바닥에 굳은살이 생겨 일할 맛이 났는데요. 아 글쎄 과유불급이라고 너무 두꺼워진 굳은살은 갈수기 논바닥처럼 쩍쩍 갈라져 바닷물이 닿을 때마다 아렸는데요. 그때 참치를 처리하는 식칼로 굳은살을 베어 낸 뒤에 손바닥을 숫돌에 문지르는 법을 선임 선원에게 배우면서 진짜 바다 사나이가 되어 갔습니다.

갑판에서 양승을 할 때면 '에다'라는 낚시 달린 와이어 줄을 동그랗게 사리면서 걸어 다녀야 했는데요. 칠성이는 그 틈새에서 부족한 잠을 잠깐잠깐 자는 묘기도 선보였습니다. 어디 그뿐인가요. 오랜 조업으로 부식이 떨어져 가면 참치 미끼를 반찬으로 먹어야 했는데요. 그런 날이면 칠성이는 참치가 되어 바다를 헤엄쳐 다니는 꿈을 꿨다는 이야기 오늘도 전설처럼 전해져 옵니다.
　―「칠성이」 전문

비교적 긴 분량의 전문을 인용한 이유는, 이 시집에서 그야말로 바다의 언어로, 몸의 언어로 쓴 가장 아름다운 시를 고르라면 이 시를 빼놓을 수 없기 때문이다. 마치 한 편의 짧은 성장 소설을 보는 느낌을 주는 이 시는, 오로지 몸의 감각으로, 몸의 고통과, 몸의 문법으로 어른이 되어 가는 한 사람의 아름다운 모습을 보여준다. 먼바다에서 거대한 물고기와 온몸으로 사투를 벌이며 불굴의 인간 승리를 보여준 『노인과 바다』(E. 헤밍웨이)의 산티아고처럼, 우리의 "칠성이"는 굳은살을 식칼로 베어 내고 손바닥을 숫돌에 문지르며 "진짜 바다 사나이"가 되어 간다. 이 시집의 전체 문법처럼 칠성이라는 강력한 스토이시즘 stoicism의 주체도 바다라는 거대한 자궁 안에서 그것의 문법을 따르며 성장한다. "참치가 되어 바다를 헤엄쳐 다니는 꿈을 꿨다"는 "전설"이야말로 바다와 온전히 하나가 된 주체의 모습을 보여준다. 이런 독특한 이야기는 오로지 수십 년에 걸쳐 바다-자궁에서 바다의 언어를 수련한 자만이 들려줄 수 있다. 박수찬은 그런 경험과 상상력을 가진 매우 예외적이고 독특한 개성의 시인이다. 🐡

달아실 기획시집 41

91의 4해구 편지

1판 1쇄 발행	2025년 5월 14일
지은이	박수찬
발행인	윤미소
발행처	(주)달아실출판사
책임편집	박제영
디자인	전부다
법률자문	김용진, 이종진
기획위원	박정대, 이홍섭, 전윤호
편집위원	김선순, 이나래
주소	강원도 춘천시 춘천로 257, 2층
전화	033-241-7661
팩스	033-241-7662
이메일	dalasilmoongo@naver.com
출판등록	2016년 12월 30일 제494호

ⓒ 박수찬, 2025
ISBN 979-11-7207-052-6 03810